貓兒房事務所

事務所

④ 戲臺上的追夢少女

作者／兩色風景　繪圖／鄭兆辰

石ㄕ鼓ㄍㄨˇ

石ㄕ鼓ㄍㄨˇ的ㄉㄜ身ㄕㄣ體ㄊㄧˇ強ㄑㄧㄤˊ壯ㄓㄨㄤˋ，但ㄉㄢˋ長ㄓㄤˇ相ㄒㄧㄤˋ凶ㄒㄩㄥ狠ㄏㄣˇ，而ㄦˊ且ㄑㄧㄝˇ脾ㄆㄧˊ氣ㄑㄧˋ火ㄏㄨㄛˇ爆ㄅㄠˋ，容ㄖㄨㄥˊ易ㄧˋ衝ㄔㄨㄥ動ㄉㄨㄥˋ。

他ㄊㄚ有ㄧㄡˇ一ㄧ個ㄍㄜ˙可ㄎㄜˇ愛ㄞˋ的ㄉㄜ˙妹ㄇㄟˋ妹ㄇㄟˋ，叫ㄐㄧㄠˋ做ㄗㄨㄛˋ釉ㄧㄡˋ子ㄗˇ。出ㄔㄨ於ㄩˊ保ㄅㄠˇ護ㄏㄨˋ妹ㄇㄟˋ妹ㄇㄟˋ的ㄉㄜ˙責ㄗㄜˊ任ㄖㄣˋ感ㄍㄢˇ，石ㄕ鼓ㄍㄨˇ練ㄌㄧㄢˋ就ㄐㄧㄡˋ了ㄌㄜ˙一ㄧ身ㄕㄣ高ㄍㄠ強ㄑㄧㄤˊ的ㄉㄜ˙武ㄨˇ藝ㄧˋ，尤ㄧㄡˊ其ㄑㄧˊ特ㄊㄜˋ別ㄅㄧㄝˊ喜ㄒㄧˇ歡ㄏㄨㄢ以ㄧˇ棍ㄍㄨㄣˋ棒ㄅㄤˋ作ㄗㄨㄛˋ為ㄨㄟˊ兵ㄅㄧㄥ器ㄑㄧˋ。此ㄘˇ外ㄨㄞˋ，他ㄊㄚ還ㄏㄞˊ有ㄧㄡˇ一ㄧ些ㄒㄧㄝ不ㄅㄨˋ為ㄨㄟˊ人ㄖㄣˊ知ㄓ的ㄉㄜ˙小ㄒㄧㄠˇ祕ㄇㄧˋ密ㄇㄧˋ，比ㄅㄧˇ如ㄖㄨˊ他ㄊㄚ最ㄗㄨㄟˋ不ㄅㄨˋ願ㄩㄢˋ意ㄧˋ承ㄔㄥˊ認ㄖㄣˋ的ㄉㄜ˙弱ㄖㄨㄛˋ點ㄉㄧㄢˇ竟ㄐㄧㄥˋ然ㄖㄢˊ是ㄕˋ怕ㄆㄚˋ老ㄌㄠˇ鼠ㄕㄨˇ。

釉ㄧㄡˋ子ㄗˇ

釉ㄧㄡˋ子ㄗˇ的ㄉㄜ˙世ㄕˋ界ㄐㄧㄝˋ很ㄏㄣˇ單ㄉㄢ純ㄔㄨㄣˊ，小ㄒㄧㄠˇ時ㄕˊ候ㄏㄡˋ的ㄉㄜ˙記ㄐㄧˋ憶ㄧˋ裡ㄌㄧˇ幾ㄐㄧ乎ㄏㄨ只ㄓˇ有ㄧㄡˇ哥ㄍㄜ哥ㄍㄜ˙——石ㄕˊ鼓ㄍㄨˇ。她ㄊㄚ希ㄒㄧ望ㄨㄤˋ自ㄗˋ己ㄐㄧˇ有ㄧㄡˇ一ㄧ天ㄊㄧㄢ能ㄋㄥˊ成ㄔㄥˊ為ㄨㄟˊ成ㄔㄥˊ熟ㄕㄡˊ穩ㄨㄣˇ重ㄓㄨㄥˋ、能ㄋㄥˊ力ㄌㄧˋ超ㄔㄠ強ㄑㄧㄤˊ的ㄉㄜ˙「御ㄩˋ姐ㄐㄧㄝˇ」。另ㄌㄧㄥˋ外ㄨㄞˋ，她ㄊㄚ還ㄏㄞˊ有ㄧㄡˇ一ㄧ個ㄍㄜˋ非ㄈㄟ常ㄔㄤˊ屬ㄏㄞˋ害ㄏㄞˋ的ㄉㄜ˙天ㄊㄧㄢ賦ㄈㄨˋ——超ㄔㄠ大ㄉㄚˋ力ㄌㄧˋ！

尺ㄔˇ玉ㄩˋ

　　尺ㄔˇ玉ㄩˋ很ㄏㄣˇ有ㄧㄡˇ正ㄓㄥˋ義ㄧˋ感ㄍㄢˇ，決ㄐㄩㄝˊ定ㄉㄧㄥˋ做ㄗㄨㄛˋ一ㄧ件ㄐㄧㄢˋ事ㄕˋ之ㄓ前ㄑㄧㄢˊ不ㄅㄨˋ會ㄏㄨㄟˋ張ㄓㄤ揚ㄧㄤˊ，腦ㄋㄠˇ子ㄗ˙卻ㄑㄩㄝˋ轉ㄓㄨㄢˇ得ㄉㄜˊ飛ㄈㄟ快ㄎㄨㄞˋ，常ㄔㄤˊ常ㄔㄤˊ「不ㄅㄨˋ鳴ㄇㄧㄥˊ則ㄗㄜˊ已ㄧˇ，一ㄧ鳴ㄇㄧㄥˊ驚ㄐㄧㄥ人ㄖㄣˊ」。他ㄊㄚ思ㄙ考ㄎㄠˇ問ㄨㄣˋ題ㄊㄧˊ時ㄕˊ總ㄗㄨㄥˇ要ㄧㄠˋ吃ㄔ點ㄉㄧㄢˇ東ㄉㄨㄥ西ㄒㄧ，思ㄙ路ㄌㄨˋ才ㄘㄞˊ會ㄏㄨㄟˋ順ㄕㄨㄣˋ暢ㄔㄤˋ。平ㄆㄧㄥˊ時ㄕˊ會ㄏㄨㄟˋ用ㄩㄥˋ一ㄧ把ㄅㄚˇ紅ㄏㄨㄥˊ傘ㄙㄢˇ作ㄗㄨㄛˋ為ㄨㄟˋ武ㄨˇ器ㄑㄧˋ。

琉璃

　　琉璃是一隻身材苗條、貌美如花、冷若冰霜、能力極強，遇到再大的困難也不會退縮的橘貓。外冷內熱的她無法抵擋小動物散發出來的萌系光波，只要看到受傷的小動物，她一定會救助。不過她也有迷糊的一面，比如是個路痴⋯⋯

西ㄒㄧ山ㄕㄢ

　　西ㄒㄧ山ㄕㄢ是ㄕ一ㄧ名ㄇㄧㄥ學ㄒㄩㄝ者ㄓㄜ，致ㄓ力ㄌㄧ於ㄩ科ㄎㄜ技ㄐㄧ與ㄩ發ㄈㄚ明ㄇㄧㄥ，對ㄉㄨㄟ故ㄍㄨ宮ㄍㄨㄥ的ㄉㄜ一ㄧ切ㄑㄧㄝ都ㄉㄡ如ㄖㄨ數ㄕㄨ家ㄐㄧㄚ珍ㄓㄣ。他ㄊㄚ很ㄏㄣ喜ㄒㄧ歡ㄏㄨㄢ和ㄏㄜ晚ㄨㄢ輩ㄅㄟ貓ㄇㄠ貓ㄇㄠ們ㄇㄣ交ㄐㄧㄠ流ㄌㄧㄡ，經ㄐㄧㄥ常ㄔㄤ耐ㄋㄞ心ㄒㄧㄣ的ㄉㄜ講ㄐㄧㄤ歷ㄌㄧ史ㄕ故ㄍㄨ事ㄕ給ㄍㄟ他ㄊㄚ們ㄇㄣ聽ㄊㄧㄥ，也ㄧㄝ喜ㄒㄧ歡ㄏㄨㄢ從ㄘㄨㄥ他ㄊㄚ們ㄇㄣ那ㄋㄚ裡ㄌㄧ了ㄌㄧㄠ解ㄐㄧㄝ現ㄒㄧㄢ在ㄗㄞ流ㄌㄧㄡ行ㄒㄧㄥ的ㄉㄜ事ㄕ物ㄨ。

日暮

　　日暮是一隻體型中等偏胖的狸花貓，身體非常健康。年輕時的日暮對古蹟、文物等很感興趣，但不受拘束的性格與愛好自由的天性，讓他在很長一段時間內不斷嘗試新事物，卻找不到貓生努力的方向。直到遇見當時也還年輕的西山，加入考察團後，日暮從此一展所長，現為貓兒房事務所最強的外援。

目錄

第一章

頹（ㄊㄨㄟˊ）廢的尺玉

大（ㄉㄚˋ）雨（ㄩˇ）傾（ㄑㄧㄥ）盆（ㄆㄣˊ）而（ㄦˊ）下（ㄒㄧㄚˋ）。

尺（ㄔˇ）玉（ㄩˋ）撐（ㄔㄥ）著（ㄓㄜ˙）他（ㄊㄚ）的（ㄉㄜ˙）招（ㄓㄠ）牌（ㄆㄞˊ）紅（ㄏㄨㄥˊ）傘（ㄙㄢˇ），揹（ㄅㄟ）著（ㄓㄜ˙）一（ㄧ）個（ㄍㄜ˙）戴（ㄉㄞˋ）眼（ㄧㄢˇ）鏡（ㄐㄧㄥˋ）的（ㄉㄜ˙）貓（ㄇㄠ）男（ㄋㄢˊ）孩（ㄏㄞˊ）。

這（ㄓㄜˋ）是（ㄕˋ）他（ㄊㄚ）的（ㄉㄜ˙）最（ㄗㄨㄟˋ）新（ㄒㄧㄣ）任（ㄖㄣˋ）務（ㄨˋ）：陪（ㄆㄟˊ）一（ㄧ）位（ㄨㄟˋ）小（ㄒㄧㄠˇ）學（ㄒㄩㄝˊ）霸（ㄅㄚˋ）在（ㄗㄞˋ）雨（ㄩˇ）天（ㄊㄧㄢ）的（ㄉㄜ˙）故（ㄍㄨˋ）宮（ㄍㄨㄥ）做（ㄗㄨㄛˋ）實（ㄕˊ）驗（ㄧㄢˋ）。

小（ㄒㄧㄠˇ）學（ㄒㄩㄝˊ）霸（ㄅㄚˋ）對（ㄉㄨㄟˋ）故（ㄍㄨˋ）宮（ㄍㄨㄥ）的（ㄉㄜ˙）排（ㄆㄞˊ）水（ㄕㄨㄟˇ）系（ㄒㄧˋ）統（ㄊㄨㄥˇ）很（ㄏㄣˇ）感（ㄍㄢˇ）興（ㄒㄧㄥˋ）趣（ㄑㄩˋ），於（ㄩˊ）是（ㄕˋ）西（ㄒㄧ）山（ㄕㄢ）向（ㄒㄧㄤˋ）他（ㄊㄚ）介（ㄐㄧㄝˋ）紹（ㄕㄠˋ）：故（ㄍㄨˋ）宮（ㄍㄨㄥ）的（ㄉㄜ˙）排（ㄆㄞˊ）水（ㄕㄨㄟˇ）系（ㄒㄧˋ）統（ㄊㄨㄥˇ）縱（ㄗㄨㄥˋ）橫（ㄏㄥˊ）交（ㄐㄧㄠ）錯（ㄘㄨㄛˋ），透（ㄊㄡˋ）過（ㄍㄨㄛˋ）各（ㄍㄜˋ）種（ㄓㄨㄥˇ）明（ㄇㄧㄥˊ）溝（ㄍㄡ）、暗（ㄢˋ）渠（ㄑㄩˊ）及（ㄐㄧˊ）內（ㄋㄟˋ）部（ㄅㄨˋ）河（ㄏㄜˊ）流（ㄌㄧㄡˊ），巧（ㄑㄧㄠˇ）妙（ㄇㄧㄠˋ）

的通往各個宮殿和院落。又因為故宮的地勢北高南低，所以雨水最終會從東南邊的內金水河排出去。

小學霸懂了，進而許下一個充滿探索精神的心願：他先繪製了一張航行圖，然後把一艘紙船放進西北邊的進水口，由尺玉揹著他到每一個出水口調查紙船的航行情況，如果一切順利，最終紙船會出現在東華門西側的內金水河上。

滂沱大雨打在有千年歷史的建築與地磚上，聲勢浩大，有如在戰場上擊戰鼓般。尺玉的紅傘外皆是茫茫水幕，有一瞬間，他還以為自己走在水族館內。

　　他帶著小學霸選定了一處明溝作為「起點」，放下小船後，便按照計劃前往一個個標記好的出水口。期間，小學霸還順便參觀了位於三大殿臺基處的「千龍吐水」，欣賞萬千支流沿著地面縫隙奔騰的壯觀景象。

　　最後，他們來到了內金水河前面。

　　「就是這裡，你下來吧！」尺玉說。

　　「雨太大了，可以揹著我嗎？」小學霸問。

　　「機會難得，你應該靠近一點，自己親眼去看。」尺玉邊說邊把小學霸放下來。

　　小學霸戰戰兢兢的走到河

邊，尺玉便不再管他，津津有味的欣賞著被萬千雨滴轟炸成千瘡百孔的河面。不久後，尺玉就看見小學霸躺在一艘好大的紙船裡漂過來，呼吸急促，臉色蒼白。

大雨連綿不絕的落下，河川在不知不覺中氾濫，淹過了小學霸的身體……

不對，那不是小學霸。

那個溼漉漉的孩子，是他之前接待過的貓小藏！

「不──」

尺玉維持著伸手欲抓的動作，從夢中驚醒。

他劇烈的喘息，心跳極快，全身都被汗水打溼了。

過了好一會兒，他才平靜下

來，看了一眼窗外，天光大亮，豔陽溫暖，似乎所有不好的事都會消散。但是，那個倒在水裡的男孩身影卻在尺玉腦中揮之不去。

「可惡……」尺玉重重捶了下床鋪。

如意樹又長出了新的葉子。

石鼓和釉子走到樹下，伸手一摘。

葉子順利到手，一貓一片。

兄妹倆面面相覷，有些意外。

好像……少了點什麼？

他們的目光同時移到貓兒房事務所辦公室的一角。

　　柔軟的懶貓沙發上，坐著無精打采的尺玉。他一手拿著袋子，一手緩慢的從裡面拿出小魚乾放進嘴中，動作不但僵硬，而且眼神渙散。

　　難以置信的是，就在兩天前，這位新加入的宮貓還那麼生龍活虎，事事爭第一。

　　那時，如意樹上長出來的，別說是葉子了，就連樹枝，他都恨不得拔光。

　　然而，經歷了洗澡節事件後，尺玉就一蹶不振，平時總是朝氣蓬勃甩動的尾巴，現在好似褪下的蛇皮，萎靡不振的垂在地板上，毛皮也明顯失去了光澤。

　　本來每天都要晨練，甚至帶

動石鼓兄妹一起努力的尺玉，現在都睡到日上三竿才起來，以至於石鼓和釉子早起練功時，都有種被欺騙的感覺。

尺玉忽然對每件事都失去興趣了。

早起練功是為了幫助客戶實現心願，但是，現在尺玉只要想到「任務」，腦中就會有一個聲音不停諷刺他——

你總覺得自己比誰都屬害，什麼任務都要搶。

臭石頭和小釉子從沒出錯過，而你一犯就是大錯。

大家都曾勸你「慢下來」，你卻聽不進去。

你甚至瞞著大家，獨自執行

任務。

因為你，貓小藏差點失去了性命。

回想你之前完成的任務，真的是因為實力強嗎？不，是你運氣好，其實那些客戶都有被你殘害的危險！

……

這些嚴屬的批評在腦中嗡嗡作響，讓尺玉不禁蜷縮身軀，巨大的罪惡感與自我懷疑，使他無法輕易原諒自己。

連睡覺這種可以暫時逃避的行為，他都會被惡夢纏上。

石鼓兄妹看看彷彿靈魂被抽走的尺玉，又看看西山，三貓心照不宣的搖搖頭，都覺得指望尺

玉自己想通是不可能的，必須從旁推他一把。

「尺玉哥哥！」釉子率先出擊，很少有貓能抵抗她天真甜美的笑容。

「嗯。」尺玉悶悶的應了一聲，甚至沒有看釉子。

「你看這棵樹多綠啊！你想摘片樹葉嗎？」釉子提議後，就要把尺玉拉到如意樹下。

只聽到「咚」的一聲，尺玉被釉子的「超大力」拖到地上，而且正面朝下。釉子一晃動手臂，尺玉便如同拖把一樣在地上來回拖動。

「對不起，我不是故意的！」釉子一時手足無措。

尺玉的額頭腫起一個大包，他輕輕推開釉子，重新爬回懶貓沙發上。

釉子無奈的看向哥哥，石鼓和妹妹默默擊掌，接力上場。

「喵了個咪，怎麼會有如此難聞的味道？原來是一條臭掉的魚乾散發出來的味道啊！」石鼓採取激將法，一開口就是嘲諷。

尺玉卻無動於衷，好似沒有聽到，又或者覺得石鼓說得很有道理。

「有聽到嗎？你也為其他宮貓想想！」石鼓提高音量。「幾天沒看見你，大家都很擔心呢！」

尺玉終於有反應了。「大家

是指？」

「你就當作是整個故宮的貓好了！」石鼓覺得有希望，趕緊乘勝追擊。

「也就是說，我犯的錯已經傳遍整個故宮了……」

尺玉難過得抱頭，比剛才更沮喪了。釉子狠狠瞪了弄巧成拙的哥哥一眼。

「傳、傳遍了又怎樣？」石鼓大幅度的揮舞雙手否定，再把窗戶打開。「難道大家會嘲笑你嗎？你聽聽，有誰會那麼八卦！」

事情就是這麼湊巧，外面恰好傳來兩位宮貓的對話。

「聽說吃魚先生離職了。」

「想不到他這麼脆弱……」

石鼓迅速關上窗戶，但已經來不及了，尺玉崩潰的瘋狂抓牆。

「總之……」石鼓強行裝作什麼都沒發生過。「你給我適可而止！世界上沒有過不去的難關！」

尺玉聲音微弱的說：「別管我了，我最近狀態很差，讓我放幾天假吧……」

眼見勸說無效，石鼓出其不意的對尺玉發動攻擊。

石鼓的拳頭大得像酒罈，這一拳他也沒有手下留情，在千鈞一髮之際，尺玉本能的閃開，還在半空中翻身的同時，一腳飛踢

石鼓。

中招的石鼓後退了幾步，還好有厚實的毛皮保護，才讓他沒有受傷。

「你這叫做狀態差？」石鼓指著肚皮上的腳印說：「也只有我才能接住你這一腳，換做是其他貓，早就被踢飛了！」

然而下一秒，原本保持著飛踢姿勢的尺玉，突然像洩了氣的氣球一樣癱了。

「你的樣貌還真是多變啊！」石鼓怒極反笑。

「尺玉哥哥，說實話，有誰不會犯錯呢？我和哥哥剛加入貓兒房事務所時，也搞砸過很多事。」釉子捲土重來，採取「比

誰更慘，痛苦減半」的戰術。
「我們曾幫一位先生裝修房子，但我控制不住力氣，差點把他的房子拆了。」

尺玉問：「那位先生沒有生命危險吧？」

石鼓插嘴：「當然平安無事。」

尺玉的嘴角抽搐：「那還是我比較厲害，直接把客戶送進醫院。」

釉子和石鼓：「……」

尺玉在沙發裡越陷越深，留給大家一個「我想靜一靜」的背影。

釉子和石鼓無計可施了，只好一起看向西山，期待他能說點

什麼。

　　但一直冷靜旁觀的西山只是輕輕一嘆，喝了口茶，什麼話也沒有說。

　　壞心情持續到第三天，尺玉也到了極限。「不能再這樣下去了！」他告訴自己。「我必須振作起來！」

　　否則，他還留在貓兒房事務所做什麼？

　　或者說，貓兒房事務所還留著他做什麼？

　　於是尺玉在夥伴們擔心的視線中，主動來到如意樹前。

　　「鹹魚總算要翻身了？」石鼓喜出望外。

　　「嗯。」尺玉悶悶的應了一

聲，然後摘下一片樹葉。

「這還差不多，我就說世界上沒有過不去的……」

石鼓還沒說完，尺玉就把葉子遞給他。

「這個任務……好像不太適合我。」

石鼓看了看任務內容，覺得沒什麼困難，但尺玉卻說：「我還是從難度低一點的任務接起好了……」

見尺玉堅持，石鼓也不好強求，反正樹上還有葉子。然而，尺玉採了第二片綠葉後，又將它讓給釉子。

「這個任務裡有小孩子……」尺玉不安的說著。「我總

覺得自己會搞砸。」

釉子沒說什麼，伸手接過尺玉遞來的葉子。

之後，尺玉便不敢繼續摘葉子了，他站在如意樹前，一臉傷心的樣子。

在他看來，那不是一個個心願，而像是一顆顆未爆彈，如果他不小心再失敗一次⋯⋯

「尺玉，我有一個適合你的委託。」西山總算開口了。「一位叫做小福的女孩會在半小時後到達午門，麻煩你帶她逛逛故宮。」

「等等，那個 —— 」

尺玉像是患了「選擇困難症」，以往是什麼任務困難接什

麼，現在是什麼任務安全接什麼。然而，什麼才算是安全的任務？他其實也不清楚。

「喵呵呵！抱歉，老頭子自作主張了。」西山喝著茶，微微一笑。「但很多時候就是要逼迫自己，才能走出困境。」

尺玉聽進了西山的話，他咬咬牙，不再推辭這項委託。

第二章

帶小福出遊

很快的，尺玉就見到了那位叫做小福的女孩。

她是一隻三花貓，臉蛋圓圓的。照理說，這樣的貓應該像太陽那樣溫暖、親切，但她的表情卻像是連綿的陰雨天。

「您好，我叫做尺玉，今天由我為您服務。」

「麻煩你了。」

　　小福禮貌的對尺玉點了點頭，接著就沒有其他互動了，看來她的心情真的很糟糕。

　　尺玉深吸了一口氣，強迫自己面帶微笑，否則兩隻貓面對面哭喪著臉，氣氛就有如清明節掃墓般傷感。

　　「今天天氣不錯。」尺玉主動說：「很適合出來走走。」

　　「嗯。」小福點頭。

　　「您是第一次來故宮嗎？」

　　「嗯。」小福又點頭。

　　「故宮很棒，非常值得參觀。」

　　小福再點頭，這次連開口說「嗯」都沒有了。

　　尺玉也覺得自己剛才的交談

實在太無聊了，於是連忙進入主題。「您有什麼想去的地方嗎？比如太和殿、御書房……」

「隨便。」小福惜字如金。

客戶的興致如此低，尺玉不禁急躁起來，趕緊在內心為自己加油打氣。他心想：再這樣下去，這項委託就要成為自己的最後一次任務了。他立刻調整情緒，向小福提議：「那我們就按照最經典的走法，沿著中軸線，從午門走到神武門，好嗎？」

小福點頭。這雷打不動的冷淡態度，再次讓尺玉感到氣餒。

尺玉剛進貓兒房事務所的時候，西山曾帶著他逛故宮一圈。

途中，西山像是介紹自己的家一樣，對每一處的細節和典故都如數家珍，讓尺玉聽得津津有味，過耳不忘。

「我們應該比誰都熟悉故宮，這是身為宮貓的基本素養。」當時西山這樣說過，尺玉非常認同。

所以，這會兒要當小福的嚮導，尺玉還是很有信心的。

他們一前一後穿過了午門，位於南北主軸線上重要位置的太和殿便映入眼簾，廣闊的殿宇結合碧空流雲，真是氣象萬千。

「那就是太和殿。」尺玉為小福介紹。「它是平原國遺留下來，以木材為主要建築材料的最

古老大殿，主要用於舉行重大典禮……您有在聽嗎？」

心不在焉的小福此刻才被拉回現實。「有。」她隨口說：「木頭做的，要很注意防火吧？」

「是啊！這裡以前曾經發生過火災。」尺玉說：「為了防火，故宮各處才會放置超過三百口的『太平缸』，烈火無情，水……水也很無情。」

尺玉突然想起貓小藏倒在水窪裡的模樣，默默抱頭並蹲在地上。

小福也喃喃自語：「木造建築很容易燃燒起來，有些藝術家想燃燒發光卻如此困難……」

說完，她也默默抱頭，和尺

玉蹲在一起。

太和殿就這樣草草參觀完畢。當二貓步行到中和殿後，情緒才稍微平復，尺玉也嘗試重新進入工作狀態。

「剛才說過，在很久以前，太和殿是舉行重大典禮的地方，

中和殿則是在大典舉行前，讓皇帝待著的處所，他可以在這裡接見官員及休息……休息是很重要的，若是逞強，只會壞事。」

尺玉忽然想起喜歡逞強的自己，再次默默抱頭並蹲在地上。

小福也再次喃喃自語：「有事做的貓休息，才叫休息。沒事做的貓休息，是沒出息……」

隨後，她又默默抱頭，和尺玉蹲在一起。

氣氛糟糕極了，甚至到了「聞者傷心，見者流淚」的地步。

來到保和殿的時候，尺玉的負面情緒也達到了「飽和」的狀

態。

　　他從未執行過如此不順利的任務，因為他總是會突然陷入悲觀的情緒中，這讓他的解說越來越不流暢，連行走的路線都發生了錯誤。原本想走到乾清門，卻不小心走到了隆宗門，等到發現的時候，尺玉想：直接帶小福去看看雨花閣吧！結果沒走兩步，就看到那天與他一起陪貓小藏玩躲貓貓的隊友──園丁貓果子和警衛貓展堂向他們走來！尺玉趕緊拉住小福，轉向前往慈寧宮。

　　尺玉覺得自己完了，真的要被開除了，連這麼簡單的工作，他都做得一塌糊塗！

　　幸好小福始終無動於衷，她

總是悶悶不樂，既不拍照，也不觀賞這些偉大的古建築。而尺玉講得好或不好，甚至不講，似乎都與她無關。

尺玉懷疑，直接帶小福到東華門，然後讓她離開故宮，她都不會發覺。

等等——尺玉悲觀的想法在此刻達到了顛峰——小福該不會是覺得他這隻宮貓的服務實在太差了，所以一直提不起興趣吧？

尺玉心想：非常有可能！如果自己遇到情緒不穩定又不專業的嚮導，也會感覺玩得很掃興啊！

糟糕！尺玉心如死灰的想：等到這個任務失敗的消息傳回貓

兒房事務所，就算石鼓他們不開除我，我也沒臉再待下去了……

此時，從一堵宮牆後方，探出了一大一小兩顆腦袋。

是石鼓和釉子。兄妹倆已經偷偷摸摸的跟著尺玉與小福半天了。

尺玉雖然被迫出任務，但如果因為他的狀態不佳而影響到工作，那也是貓兒房事務所不願看到的。所以這一路上，石鼓兄妹都在暗中守護著。

在過去，敏銳的尺玉絕對會發現他們，不過他今天心神不定，什麼也沒注意到。

「喵了個咪，我看不下去

了！」石鼓捣著臉說：「考宮貓認證卻不及格的氣氛還比他們好呢！」

「哥哥，你頭露得太多，會被發現的！」釉子抓住石鼓的尾巴，單手把他拖回隱蔽處。

石鼓揉著劇痛的尾巴說：「看來還是要我們出手才行。」

釉子點頭。「首先，得先把尺玉哥哥的路線糾正回來。」

兄妹倆鬼鬼祟祟……不，是貓貓祟祟的繞到了尺玉和小福的前方。

尺玉和小福正無精打采的走著，忽然有一大群貓如海浪般澎湃洶湧的迎面而來。

「借過、借過——」石鼓躲在貓群中，提著嗓子高喊。

尺玉和小福受貓潮衝擊，被迫捲入貓群中，路線也不由自主的改變。「你們要做什麼？」尺玉迷糊的問。

「急著上廁所呢！」石鼓捏著鼻子回答。

目的達成後，石鼓率領那一大群貓轉到一個僻靜的地方，他一邊致謝，一邊發給他們一張魚骨造型的使用券。「謝謝各位配合，憑這張券可以到御膳房免費兌換一條烤魚。」

原來那些貓是臨時被找來幫忙的遊客，他們興奮的問：「這樣走一圈就有獎品，故宮經常舉

辦這麼好玩的活動嗎？」

「哥哥，可能還要再來一次。」釉子觀察後說：「尺玉哥哥現在回到了中軸線上，但我們要讓他們繼續往右走。」

石鼓連忙問遊客們：「想不想再多吃一條烤魚？」

「想——」遊客們興致勃勃。

於是，尺玉和小福又經歷了一次「隨波逐流」，這次的貓潮直接將他們帶往寧壽宮的方向。

「又怎麼了？」尺玉有點不滿。

「那邊的廁所在維修，我們要換地方啦！」潛伏在貓群裡的石鼓再度捏著鼻子回答。

第三章

搞砸了又怎樣？

　　經歷了兩輪石鼓兄妹策劃的「撥亂反正」後，尺玉和小福來到了寧壽宮。

　　他倆早就不交流，也不看景點了，與周遭與高采烈的遊客形成鮮明對比。他們似乎只在乎什麼時候才能走到出口，以結束這次尷尬的遊覽。

　　尺玉已經開始思考，要不要

現在就回貓兒房事務所，也許還能換成可靠的釉子或石鼓來接替自己，那小福大概還有重拾笑容的可能性……

就在這時，不遠處傳來了一段唱詞：

海島冰輪初轉騰，

見玉兔，

玉兔又早東升。

原來是有貓在唱戲，那是經典京劇劇目《貴妃醉酒》的一個片段。歌聲清揚婉轉，在這個歷史感濃厚的環境裡聽，別有一番韻味。

原本垂著腦袋的小福，忽然抬頭並豎起耳朵，尺玉還是第一次從小福身上感受到「活力」這

種東西。

尺玉下意識的說：「不知道是誰唱的？唱得真好。」

小福卻微微皺起了眉，搖頭道：「不夠好，『海』字沒唱滿，『騰』字唱冒了。」

「什麼意思？」尺玉聽得一頭霧水，小福的評論超出了他的理解範圍。

「『滿』的意思是沒有唱足，對旋律不夠熟悉。『冒』是聲腔把握得不夠穩定，唱太高了。」

小福飛快講出一串解釋，但尺玉還是一臉茫然，似懂非懂。

接下來，小福做了一件讓尺玉訝異的事：她輕咳了一聲，竟

將那句「海島冰輪初轉騰」唱了出來。

現場示範比什麼理論都來得淺顯易懂，尺玉一下子就明白了。原先聽那不知是誰唱的片段時，他不覺得有任何問題，可是與小福的版本一比，高下立刻分別出來。

而且，這個始終面罩烏雲的女孩，一開嗓竟自帶光彩，好像太陽從雲縫裡露了面。她甚至挺直了腰桿，右手翻掌向上，姿態優美，有模有樣。

「你是唱戲曲的貓？」

尺玉脫口而出的疑問，似乎把小福從美夢裡踢了出來，她像是犯了什麼錯誤般摀住嘴巴，臉

第三章
搞砸了又怎樣？

也漲得通紅。

「我沒別的意思。」尺玉連忙說：「只是覺得你唱得很好聽。」

小福的頭更低了，似乎不打算接續這個話題。

然而，尺玉心裡的弦被撥動了，他重新扛起了責任感，心想：我要讓這個愁眉苦臉的女孩開心起來！

原本心扉緊閉，不讓任何貓探究的小福，現在冰山主動浮現出一角，怎麼能放過這個大好機會！

尺玉又想著：這麼說來，我們現在身處的位置恰好是——

他觀察了一下四周，指引小

福道：「我們往這邊走。」

他們離開了寧壽宮，來到了養心殿的東側。

出現在眼前的，是一棟與之前所見截然不同的建築。

也是小福走馬看花的這一路上，第一棟讓她看得目不轉睛的建築。

那是一座戲樓！弧形曲面、沒有正脊的屋頂，點綴著好看的黃色和綠色琉璃瓦，上中下三層的戲臺各懸掛著一塊匾額，分別寫著：暢音閣、導和怡泰、壺天宣豫。

尺玉向小福介紹：「這裡是──」

「暢音閣。」小福接著說

道：「逢年過節或舉辦隆重典禮時，宮貓會聚集在這裡看戲。聽說暢音閣裡面設置了許多機關，比如壽臺下方，據說它能利用共振原理來放大臺上的聲音，達到音響的效果。」

小福對暢音閣竟然十分熟悉，著迷又傷感的臉龐上，流露出類似鄉愁的神情。

「別站在這裡，我們上去看看吧！」尺玉提議。

「可以嗎？」

尺玉像是牽起舞伴的手一樣牽起小福，輕輕一躍就登上了壽臺。

剛落地，小福的注意力就被

一張矮桌上擺著的京二胡、胡琴和鼓吸引，她本能的靠近，不自覺的伸手去摸……卻在快碰觸到的時候迅速收回，好似怕弄壞了它們。

「不知道是誰的樂器，怎麼隨意丟在這裡呢？」尺玉納悶道。

「應該是特地放在這裡，作為景觀的一部分。」小福說：「它們都是演出京劇時必備的樂器。」

「原來京劇只需要用到三種樂器啊！」

小福解釋：「不是的，京劇要用到的樂器很多，主要可分為管弦樂與打擊樂兩類。管弦樂有一

胡琴、京二胡、月琴、弦子、笛子、笙、嗩吶等，以伴奏歌唱為主，也用來襯托表演動作。打擊樂有板、單皮鼓、堂鼓、鐃鈸、齊鈸、撞鐘、雲鑼等，主要用來襯托演員的舞蹈動作，還有武打氣氛。」

尺玉點頭。「原來如此，那這三種樂器包括了管弦樂和打擊樂，剛好可以表演一場最低標準的京劇。」他的語氣變得熱烈。「機會難得，你要不要在這裡唱一段戲，過過癮？」

尺玉滿懷期待的想：對於喜歡京劇的貓來說，這是個絕佳良機，小福一定會很滿足、很高興吧？

　　然而，小福卻像是聽見了什麼荒唐的要求，很抗拒的搖著頭。「不用了，我們下去吧！我想離開了。」

　　「為什麼？你覺得不好意思嗎？」尺玉看了一眼同在這個區域參觀的遊客。「別擔心，你唱得那麼好，大家會很樂意聽的。」

　　「不要，請別勉強我……」

　　見小福神情痛苦，尺玉忽然單刀直入的問：「我看得出來你很喜歡京劇，而且有一副好歌喉，但為什麼你卻表現出想要告別京劇的樣子？告訴我，你到底遇到了什麼事？我一定會幫助你！」

　　最後這一句話，尺玉說得斬釘截鐵，毫不猶豫。

　　他身為宮貓的覺悟，此時終於甦醒了。

　　在尺玉灼熱的目光中，小福失去了逃避的能力，她掙扎了一下，總算下定決心說：「我從小就很喜歡戲曲，哪怕總有貓告訴我，那是過時的玩意兒，但喜歡就是喜歡。在學習的過程中，我認識了兩位好朋友，她們是祿子和壽壽，我們很投緣，決定組成團體，將京劇推廣給更多的同齡貓。在嘗試各種方式後，我們最終決定用戲腔來唱流行歌曲，或是用流行歌曲的唱腔來唱戲曲。」

　　小福苦笑了一下：「雖然有貓提出質疑，認為我們的做法太輕浮、不莊重，但我認為，這些都是推廣京劇的方法，只要不違背當中的精神，應該允許用各種形式來將京劇發揚光大。」

　　尺玉贊同道：「我很認同，也很支持你們的想法。時代的進步，使藝術更加多元化。所以，你是因為這個過程不順利，灰心了嗎？」

　　「不久前，壽壽的朋友向一個京劇大賽的主辦單位推薦我們，一旦得獎，就能獲得很多資源。對我們來說，這是千載難逢的好機會，但是……」小福有些哽咽。「在半決賽中，由於我的

失誤，害我們無緣晉級總決賽……其實那天，我只要正常發揮就好，但是我太希望表現完美了，導致緊張過度，有一些詞沒能唱出應有的水準……是我搞砸了一切，如果沒有我，她們也許已經站在領獎臺上了！」

小福擦拭著眼淚，彷彿又回到那個難堪的時刻。

「搞砸了又怎樣？難道搞砸一件事，就代表自己從此一無是處嗎？」

在尺玉回過神來的時候，這句話早已脫口而出。

小福熱淚盈眶的看著他，尺玉則柔聲說：「我剛加入貓兒房事務所沒多久，非常想展示自己

最好的一面給大家看。誇我的貓越多，我就越努力，卻還是把一椿委託搞砸了……」

尺玉的話讓小福的情緒逐漸平靜下來。

「在那之後，你是我的第一位客戶。我本來沒有自信接待你，但有同事告訴我：很多時候就是要逼迫自己，才能走出困境。」尺玉的聲音低沉。「我想過，如果這次的任務又失敗，我就不能待在貓兒房事務所了……不過，我還是不想讓自己留下遺憾。」

尺玉看著小福，露出微笑。「帶你來暢音閣時，我內心激動不已，因為我認為：能幫助你解

決難題了！這就是我加入貓兒房事務所的目的，我就是想透過幫助別人來實現自己生存的價值。為了這個信念，就算遇到挫折，我也不會輕易放棄！」

　　小福再次落下了眼淚。

　　「京劇對你來說，像生命那樣重要吧？那就千萬不要放棄！我們都不要放棄，否則以後絕對會後悔，後悔當初為什麼不再堅持一下？」尺玉按住小福的肩膀。「我決定了，我還是要當最棒的宮貓，你呢？」

　　小福擦乾眼淚，大聲說：「我也要當最棒的京劇演員！」

　　尺玉心頭的陰霾一掃而空，他手舞足蹈的說：「那還等什麼？來唱一曲吧！就把這裡當成你重新出發的起點。」

　　這一次，小福沒有猶豫，堅定的點了點頭。

　　尺玉緩緩退到舞臺邊緣，將

中心位置留給小福。

正在參觀的遊客們似乎預料到了什麼，紛紛朝著暢音閣聚集。而這些注視的目光讓小福感到忐忑不安，但她看到尺玉對自己豎起大拇指，便深深吸了一口氣，開口唱道：

猛聽得金鼓響畫角聲震，
喚起我破天門壯志凌雲，
想當年桃花馬上威風凜凜，
敵血飛濺石榴裙。

「好！」現場爆出熱烈的掌聲。這首曲子是平原國家喻戶曉的折子戲《穆桂英掛帥‧捧印》，講述女英雄出征的故事，即使不太熟悉京劇的貓也必然聽過。一開始，小福的唱腔微微顫

抖，像是剛學會騎腳踏車的孩童上路，難免搖晃，但她沒有打退堂鼓，而是堅定不移的唱了下去。

突然間，從天上傳來唱和的聲音。暢音閣的三層舞臺本來就是由位居中央的天井貫穿，井口還有可以讓演員升降的「轆轤」。這時，從天井緩緩降下兩位貓女孩，她們緩緩落在小福的兩側，三個好聲音天衣無縫的合體唱道：

番王小丑何足論，
我一劍能擋百萬兵，
我不掛帥誰掛帥，
我不領兵誰領兵。

小福的表情有一瞬間是驚訝

的，隨後便是滿滿的感動與自豪，唱得更加出色。兩位貓女孩分別拿起矮桌上的京二胡與鼓，又把胡琴遞給小福。

三位都是戲曲中的正旦，她們自奏自唱，合作無間。越來越多遊客被吸引過來，欣賞這場高水準的免費演出。有貓聲音響亮的介紹：「我知道她們！是上次在《平原國好京劇》中鎩羽而歸的團體『福祿壽』，她們的實力原來這麼強嗎？」

尺玉和觀眾們同樣投入、同樣享受，但他隨即發現一件事，立刻縱身一跳，從最下面的壽臺來到了次層的祿臺。

他看到在祿臺的天井口處，

石鼓和釉子各站在一個滾軸裝置旁，手上正拉著繩索。對這兩兄妹來說，要將那兩位身材勻稱的貓女孩像是仙女下凡那樣吊下去，不會比拿起一根麵條更費力。

兄妹倆對尺玉露出笑容，尺玉眨眨眼，擦了擦溼漉漉的鼻尖，本想說句「多管閒事」，喉頭卻像被什麼堵住似的，連聲音都發不出來。

第四章

一起追夢

「原來祿子和壽壽才是這次任務的委託貓啊！」

熟悉的貓兒房事務所辦公室內，尺玉發出恍然大悟的聲音，而西山摸著自己的鬍子，笑得高深莫測。

「小福因為自責，自作主張退出了團體，她的朋友們並不怪她，但也知道她愛鑽牛角尖的個

性，所以才希望我們能幫助小福，讓她重新振作起來。」西山說：「這就是她們的心願。」

「我想，能夠繼續和好朋友一起追夢，應該也是小福的心願。」釉子補充。「這次，尺玉哥哥一口氣幫助了三隻貓實現心願呢！」

「這麼說來，那個唱得不夠好的表演，也是你們安排的嗎？」尺玉後知後覺的想起這件事。

「是啊！」石鼓插腰。「我們知道小福會有反應，因為真正熱愛的事物，不可能說放棄就放棄。」

「幸虧我們當時剛好走到寧

壽宮，否則就聽不到了。」尺玉慶幸。

石鼓又插腰道：「你以為是巧合？錯，其實那是我們見招拆招的方案之一……」

石鼓的話還沒說完，釉子就急忙阻止，她笑著說：「那些都不重要，重要的是，尺玉哥哥迅速注意到小福的變化，並且主動帶她去暢音閣，這才實現了後面的『三貓合體』。也就是說，尺玉哥哥真的和我們很有默契！」

「但是你鼓勵那個女孩的臺詞，真是我們意想不到的聲情並茂。」石鼓模仿尺玉的腔調：「『我們都不要放棄，否則以後絕對會……』」

　　尺玉惱羞成怒，撲過去揍石鼓，二貓鬧成一團，釉子在旁邊笑得合不攏嘴。

　　「喵呵呵！真是美滿的大團圓結局。」西山滿意的伸個懶腰。「當然，還可以再錦上添花，讓我們來看看吧！」

　　他將電腦轉個方向，讓螢幕對著大家，只見一位穿西裝的主播貓說：「今天下午在故宮的暢音閣，由三位熱愛戲曲的貓女孩即興獻唱的折子戲，在網路上爆紅了。她們的唱法在傳統中不乏時尚，融合了經典與流行，令許多對京劇不感興趣的網友直呼驚豔。據說，已經有媒體向她們發出了演出邀請，讓我們期待『福

祿壽』 今後的表現。 」

在主播貓的介紹後， 緊接著播出的是一段清晰、 完整的演出影片。 尺玉驚訝的說： 「 原來有貓錄下了整個過程！ 不知道是誰做了這件好事？ 」

石鼓和釉子都對著西山擠眉弄眼， 西山則笑道： 「 只是做了一些微小的貢獻。 那麼， 尺玉你看到了嗎？ 這就是團隊。 每個人做好自己擅長的事， 至於缺點與不足， 會有夥伴來幫忙彌補。 沒必要透過爭先恐後的方式來證明自己的價值， 更不要因為失敗就覺得眾叛親離。 總之， 以後請多多依賴我們， 好嗎？ 」

尺玉的面色通紅。 「 我知道

了。」

「新的綠葉出現了！」石鼓指著如意樹叫道。

恢復精神的尺玉聽了，迅速跑到如意樹下，正想摘取葉片時，又把手縮了回來，轉頭問：「西山老師，你認為這個任務適合我們誰來完成？」

尺玉的問題讓大家都笑了。

貓兒房小知識

見 011-012 頁

原 文

　　小學霸對故宮的排水系統很感興趣，於是西山向他介紹：故宮的排水系統縱橫交錯，透過各種明溝、暗渠及內部河流，巧妙的通往各個宮殿和院落。又因為故宮的地勢北高南低，所以雨水最終會從東南邊的內金水河排出去。

貓兒房小知識

　　一走進午門，便可以看見五座精美的白石橋，橋下即為內金水河。取「金生麗水」之義，又因相對於天安門前的外金水河，故稱為內金水河。內金水河除了美化皇宮和作為古建築防火設施的用水外，還是宮內排水的下水管道。

內⻌金⻌水⻌河⻌
中⻌國⻌故⻌宮⻌博⻌物⻌院⻌河⻌流⻌

見013頁

原文

　　他帶著小學霸選定了一處明溝作為「起點」，放下小船後，便按照計劃前往一個個標記好的出水口。期間，小學霸還順便參觀了位於三大殿臺基處的「千龍吐水」，欣賞萬千支流沿著地面縫隙奔騰的壯觀景象。

千龍吐水
中國故宮博物院建築

貓兒房小知識

　　故宮中的太和殿、中和殿及保和殿各有三層的臺基，上面雕刻著1142個精美的石刻龍頭，名為「螭首」，螭首的口內都有圓形孔洞，可輔助排水。每逢下雨，積水會順著1142個螭首流到地面，形成壯觀的「千龍吐水」景象。

千龍吐水
中國故宮博物院建築

見 042 頁

原文

石鼓連忙問遊客們：「想
不想再多吃一條烤魚？」

「想——」遊客們興致勃
勃。

於是，尺玉和小福又經歷
了一次「隨波逐流」，這次的
貓潮直接將他們帶往寧壽宮的
方向。

貓兒房小知識

寧壽宮位於皇極殿的後方，明朝
時，這裡只有稀疏的幾座宮殿，是供
太后、太妃養老的宮區。康熙皇帝為
了讓皇太后頤養天年，於康熙二十八
年（1689年）建造了寧壽宮。後來，為
了自己退位後要住的太上皇宮殿，乾
隆皇帝花了五年的時間擴建並改造寧
壽宮，形成如今的格局。

寧壽宮
中國故宮博物院建築

見 048-049 頁

原文

「暢音閣。」小福接著說道：「逢年過節或舉辦隆重典禮時，宮貓會聚集在這裡看戲。聽說暢音閣裡面設置了許多機關，比如壽臺下方，據說它能利用共振原理來放大臺上的聲音，達到音響的效果。」

貓兒房小知識

暢音閣位於寧壽宮後區東路的南端，坐南朝北，建築恢弘，為清宮內廷演戲用的樓臺。內有上中下三層戲臺，上層稱福臺，中層稱祿臺，下層稱壽臺，壽臺面積為210平方公尺。三層戲臺中設有天井來上下貫通，祿臺和福臺的井口設有轆轤，下面正對壽臺的地井，根據劇情需要，天井與地井可以升降演員、道具等。

暢音閣

中國故宮博物院建築

國家圖書館出版品預行編目（CIP）資料

貓兒房事務所 4 戲臺上的追夢少女 / 兩色風景作；鄭
兆辰繪 . -- 初版 . -- 新北市：大眾國際書局股份有限
公司 大邑文化，西元 2024.5
80 面；15x21 公分 . -- （魔法學園；15）
ISBN 978-626-7258-74-3（平裝）

859.6   113002933

魔法學園 CHH015

貓兒房事務所 4 戲臺上的追夢少女

作　　　　者	兩色風景
繪　　　　者	鄭兆辰

總　　編　　輯	楊欣倫
副　　主　　編	徐淑惠
執　行　編　輯	詹勳薇
封　面　設　計	張雅慧
排　版　公　司	菩薩蠻數位文化有限公司
行　銷　業　務	楊毓群、蔡雯嘉、許予璇

出　版　發　行	大眾國際書局股份有限公司 大邑文化
地　　　　址	22069 新北市板橋區三民路二段 37 號 16 樓之 1
電　　　　話	02-2961-5808（代表號）
傳　　　　真	02-2961-6488
信　　　　箱	service@popularworld.com
大邑文化 FB 粉絲團	http://www.facebook.com/polispresstw

總　　經　　銷	聯合發行股份有限公司
	電話 02-2917-8022　　傳真 02-2915-7212

法　律　顧　問	葉繼升律師
初　版　一　刷	西元 2024 年 5 月
定　　　　價	新臺幣 280 元
I　S　B　N	978-626-7258-74-3